图书在版编目（CIP）数据

我已寂寞过了 / 人邻著 . -- 北京 ：国际文化出版公司，2022.9
（中国好诗 . 第七季）
ISBN 978-7-5125-1293-1

Ⅰ . ①我… Ⅱ . ①人… Ⅲ . ①诗集－中国－当代 Ⅳ . ① I227

中国版本图书馆 CIP 数据核字 (2022) 第 153000 号

我已寂寞过了

作　　者	人　邻	
责任编辑	吴赛赛	
选题策划	彭明榜	
出版发行	国际文化出版公司	
经　　销	全国新华书店	
印　　刷	北京精彩世纪印刷科技有限公司	
开　　本	889 毫米 ×1194 毫米	32 开
	6.5 印张	104 千字
版　　次	2022 年 9 月第 1 版	
	2022 年 9 月第 1 次印刷	
书　　号	ISBN 978-7-5125-1293-1	
定　　价	58.00 元	

国际文化出版公司
北京朝阳区东土城路乙 9 号　　邮编：100013
总编室：（010）64270995　　传真：（010）64270995
销售热线：（010）64271187　　传真：（010）64271187-800
E-mail：icpc@95777.sina.net

人邻　河南洛阳老城人。出版诗集《白纸上的风景》《最后的美》《晚安》、散文集《闲情偶拾》《桑麻之野》《找食儿》《行旅书》、评传《百年巨匠齐白石》《李清照》《半蓑烟雨任平生——江文湛评传》等。现居兰州。

白纸之上的夜航船

——人邻诗歌的精神内里

◎ 霍俊明

1.

这么多年里，我和身居大西北的人邻见面机会非常少，读诗的次数肯定要远远多于见面的次数，至于上一次见面的时间应该超过了十年。人邻出生于 1958 年，从 1981 年开始写作，至今已持续四十余年，期间诗歌和散文并重，早年参与编辑过《飞天青年诗报》《敦煌诗报》。

对于写作的人来说，浸淫文字的时间越久就越会生发出虚无感，即追问写作以及人存在的意义。正如人邻所说的："记不起是谁说的，生而为人，我很抱歉。这话真好。可能每个人都对不起这个世界。世界太奇妙，时空和生命太奇妙，我们都将对这个世界报以歉意。"（《我已寂寞过了·后记》）"生而为人，我很抱歉"属于网络热词，来自日本诗人寺内寿太郎，经由太宰治的《人间失格》而广为传播。因为常年身居兰州生活和写作，出生于洛阳的人邻也就一直被理所当然地置放于"西北诗歌"的空间概念下谈论。显而易见，这种谈论方式有其不可避免的局限甚至危险性，即很容易因为强调"地方诗学"的共性和大方向而搁置了个体之间的差异性。

人邻最新的这本诗集名为《我已寂寞过了》，收录其 2016 年至 2022 年间的近作。光看集子的标题，我们就能够看出曾经沧海般的人生阅历和感悟，隔着薄薄的纸页已经感受到了冷冷月光般的安静、淡然的语调，不事张扬、冷静、内敛一直是人邻的个性，也是其诗歌的底色和精神内里。"人与诗"在人邻这里是一体的、一致的，是相互支撑的而不是彼此分裂的。具体而言，就是人和诗都是内敛、谦逊、低调、真诚的，"我于生活所求甚低。我亦厌恶那些张狂的人，不管他有多大的才能。其实真正的大才，都是低调的，因为知道唯有万物才是高的。所谓平易近人，是那些真正人物的事情。寻常的人，低着头，没有什么不好的。至少，不绊跟头。有这一点，我才能慢慢写下去。”（人邻《原来是这样》）

大体而言，阅世视角和察看位置拉得很低的诗构成了真切而恍惚的尘世笔记，低伏的凝视状态中弥散着沉静而又不乏张力的戏剧化因素，它们也更像是一个个寓言化的碎片和时间的切片——“山坡上，牛羊是驯顺的。/也许，我只能低下头，说说这些。”（人邻《郎木寺后面的山坡上》）

白色的纸页上那一行行黑色的诗句更像是静默中缓缓行进的夜航船，其上载着宽怀、沉静以及长思、内省，这些诗句正是从沉稳的性格以及深隐的智性空间中滋生出来的。自古至今，我们都看到了携带不安和恐惧感的夜行人形象。近些年读旧书，我总是不由自主地想到明末清初的张岱（1597～1679）。张岱与其时代构成了命运伙伴的关系。国破家亡之际，张岱在山僧的掩护下藏匿于山野数月，只能居于破庙之中，仅有一子、一仆。“陶庵国破家亡，无所归止，披发入山，骇骇为野人。故旧见之，如毒药猛兽，愕窒不敢与接。”（《陶庵梦忆·自序》）

在崩毁的时刻，张岱有过几次自杀的经历。区别于当年张岱“夜航船”的时代动荡和大变局，区别于世事动荡中一颗疲惫、阵痛、惊悸的心脏，人邻的诗近乎波澜不惊，但是日常经验、存在境遇以及想象畛域都在朴素而平淡的词语中被一次次激活和放大。正如他的那首《夜航》一样，其间充满了个体存在的迷局和难解的人生困境，词句冷彻而深省。

舷窗望下，依稀的平原、山坳，
渺小人家的灯，幽微亮着。
千里江山，有我爱过的良善人家，
有我怜惜过的女子。

混沌大地，一灯如豆，一灯尚不如豆。
我仿若自己是神，只是无力去爱。
我只是惭愧，深深低头，
再也无力把自己变得像一个好男子。

《夜宿》印证了诗歌第一位的要义就是要面对“人”与“时间”的本质问题，实际上这都可归结为认知方式与想象方式，关乎本真、人性、忏悔、自渡以及救赎。只有如此，诗才能具备“真”“善”以及“诗性正义”，反之那些分行的文字则只能是伪饰的、虚假的欺世盗名的幌子。

人有人的命运，词语和诗也有自己的命运，这是“向诗要命”和“向命要诗”的双向打开和彼此获救的过程。这体现的也正是优异诗人所要具备的深度凝视和探询自我的能力，只有如此诗歌才能起到精神能动和现象还原的功能。人邻的“门”“钉子”“斧子”“刀”“白菜”“冬瓜”“红薯”“野草”“草原鼠”“黑鸟”“旧沙发”等物象在深度凝视和智性盘诘中被提升到了核心意象和私人意象的层面。万物皆心象，它们对应于一个个人世的瞬间，进而也承担起不容忽视的记忆、欲念、象征、卜辞、预见、开示或谶语的功能。

2.

人邻的诗精简而味深，总是给人以静夜危坐、安之若素之感。他的淡然、随性、素朴、悲悯以及敬畏总是在极其日常化的语调以及具体而微的细节、场景中获得安身立命的机会。他的诗往往是不温不火、不疾不徐、不左不右，“适度”“平和”是他的精神底色。

暮色、暗疾、苍老、生死、墓碑、尘世、寺庙、画僧、抄经人、读经人、琴师以及暗中到来的事物反复现身于人邻的诗歌世界中。这一切所累积和叠加而成的正是一个内省式写作者的精神肖像、认知方式以及词语边界。这也是一次次面向自我渊薮的过程，是思忖、自审、盘诘和砥砺的智性拉抻，是一次次用内心的闪电照彻存在之夜的过程，其中有慰藉也有诘问，有释然也有挂系。值得注意的是在近些年的诗中，人邻总是有意识地强化了斑驳的人世光影，他总是格外关注那些精神性的时间节点。无论是暮色、夜晚还是暮春、晚冬，无论是正午、午后还是厨房、旷野，它们都经由自然时间、物理空间而转化为精神性的能动性的时刻，它们对应于生命的潮汐以及时序更替中人的命运起落和灵魂仪轨。

人邻诗中的“不说也罢”“说无可说”以及“不过是这样的啊”对应了一个常年写作者看破了一切的人生态度，进而这又体现在词语的态度和语言基调上，二者是彼此应和、校正的。这也是为什么“尘世”“人世”“世上”如此频繁地叩访人邻诗歌的深层心理动因和情感机制。

山水形状随人性，世事都如心中物，坐忘和卧游面对的同样是三千大千世界。尤其是《冬瓜》《盐少许》《剥韭菜》《三只橘子》《一杯热水》《腊月里的萝卜》《米虫》《卖肉的店家》《父母的餐桌照片》《白菜纪事》等这样日常情境极其显豁的诗所透露出来的诗性以及哲性更接近于著名的禅宗公案“吃茶去”的境界——“一罐汤多少盐？/老厨子说，盐，少许。//用匙，不对；/用三指，两指，拈一点？/不能问，亦无可问了，/老厨子去世已经年。//盐少许，随人，随汤，随心情，/亦随盐，随任何一事。/世间的事，无规矩，/亦规矩独深。//明一事，亦明天下。/明天下时，已无须随任何事，/已无忧喜，无有无，无无无，/可以随天下，天下亦随我。//也许，探指盐罐，抑或是下箸，/随心一点，不拘多少，言，即合适。”（《盐少许》）赵州从谂禅师的名言就是“吃茶去”，“有僧到赵州，从谂禅师问：‘新近曾到此间吗？’曰：‘曾到。’师曰：‘吃茶去。’又问僧，僧曰：‘不曾到。’师曰：‘吃茶去。’后院主问曰：‘为什么曾到也云吃茶去，不曾到也云吃茶去？’师召院主，主应诺。师曰：‘吃茶去。’”（《指月录》）

用诗来“悟道”“说理”，其难度可以想见，正如当年严羽所说“不涉理路，不落言筌者，上也。”往往是能说到，但是很难真正做到。值得注意的是以“寺庙”为核心的精神空间一次次来到人邻的诗中，比如《郎木寺后面的山坡上》《郎木寺偶见》《法雨寺的傍晚》《一粒米寺》《寺里的梨》《给山寺送去萝卜白菜》《抄经人》《燃灯节》《寺里读经》《苦竹寺》《大佛寺夜事》《扫地僧》《夜宿》等诗。

词语是涅槃，诗歌也即坛城。诗人借此安身立命、自审自忖、自渡自救，面对自我的渊薮、彼岸的琉璃莲山以及人世的红尘色相和命定劫数，“再读一遍 / 眼含热泪的我 / 忽然感觉 / 古老的松木地板 / 慢慢浸润我赤裸的脚面 / 木纹布满 / 纤维入骨 / 我已是寺里的一根廊柱”（《寺里读经》）。诗，成了涉渡之舟。人邻还借助宋末元初画僧牧溪的画作《六柿图》进一步阐释了精神超时空的力量。在牧溪这里，无论是枯淡的山野还是笔调粗野的“六柿图”，它们都对应了精神的山水和修习的程度。牧溪的《六柿图》对应于人邻的《九个红薯》，甚至精神构图以及笔法都深度关联、相互指涉——比如笔法都是极其俭省的：“红薯，早上的粥里煮了一个 / 另外的那些，在青石板上打盹 / 这会儿，上午九点的阳光斜斜照着 / 它们的身上，沾着褐色的泥土 // 这上午，我数次走过，驻足 / 可我数来数去，还是数到了九个 / 那一个，跟这些红薯一样 / 好像还在那儿，跟那几个，还在一起”。

《礼记》云“士无故不撤琴瑟”，嵇康有诗曰“目送归鸿，手挥五弦”（《赠秀才入军》）。可见，琴作为文人雅士的传统和佛道文化的重要中介物发挥着不可替代的作用。“佛曰：‘不妄语。汝抚琴，山河大地木石尽作琴声，岂不是？’王曰：‘是。’佛曰：‘迦叶亦复如是。所以实不曾作舞。’”（《五灯会元》）在《老琴师》《古琴》等诗中，人邻所要着重表达的仍是阅世、入世和出世的态度：“琴音，在人世，亦非人世，/是另一世，无有之世，未生之世，/大吉，亦是大凶之世，/是世外，亦是更深的无以解脱之今世。”（《老琴师》）

真正的智者、琴师、画师以及诗人能够达到的是琴外之音和象外之象的境界。对于人邻而言，作诗亦如精神淬炼和修习的过程，而那些纸上的文字亦如精神云山，一个词语的撑船者于暗夜中起航、跋涉、自渡。

废旧的身子
沐洗一新
犹如蒙难

2022年6月12日，暴雨冰雹之夜改定

目录

第一辑　盐少许（2016）

第二辑　偶然觉出（2017）

第三辑　我只去过很少地方（2018）

第四辑　最幸福的（2019）

第六辑 米虫（2021）

第七辑 问答（2022）

第一辑

盐少许

（2016）

001 — 022

暮色

将暮未暮之时，

遂不必复归于自己。

归于尘土，即是尘土。

归于流水，即是流水。

将暮未暮，转瞬即是暮色。

应许

春天的事，
神未曾应许，
却在严冬应许了。

离别的事，
神未曾应许，
却在泪水里应许了。

苦难的事，
神未曾应许，
却在死亡降临的时候应许了。

大地上的事，
神未曾应许，
却在天堂里应许了。

神是万能的，
可他也不过是在
能应许的时候才应许了。

汽车到站

汽车到站，拥挤车厢里，
一只女人的手，
轻轻推着一个男人，
推着、跟着，下车。

那只手，那么绵软，依赖，顺从。
唉，是什么让一个女人
心甘情愿跟着一个男人，
柴米油盐，清水洗尘，白天、夜晚。

我的心里，忽然一阵、一阵
不尽是难过哀伤，
更有一丝、一丝
无以形容的悲凉。

暗中到来

如此，

不能不如此。

无人示我，无人有缘示我。

暗示数次降临，终于不再眷顾。

这崩溃一击，以数年之久，如此缓慢。

悟醒之时，不能，亦不必对人说了。

我也已最后，无奈地明白，

却不能不说：“不过是这样的啊。”

今夜以后

今夜以后，每个晚上
我都要去摸摸
小女儿的脸。
不道晚安，
就是去摸摸她的脸。

入夜了，盖着被子，
她的小脸，依旧冰凉。
我摸摸她的脸，
用我竭力温暖的手。

今夜以后，每个晚上，
我都要去摸摸小女儿的脸。
似乎她
随时都会消失。

不说什么，
她也不说。
心里想了些什么，
我们谁也不说。

晚冬

真正老迈的晚冬，
下雪、不下雪都好。
守着火炉上的米粥，
漆色斑驳的小桌上，
半碟榨菜，滴了少许香油。
碗里，小小的勺子，
旧了，可洗得干干净净。
还有一册，读到最后几页的书。

守着炉火，我不怜悯自己，
我怜悯尘世。
这是我离开之前的最后安歇，
可这尘世还要苦劳下去。
外面的风，悄然吹动窗外的尘土。
我知道我的粥快要熟了，
我知道我已经有一点迷恋上了
就要降临的沉沉暮色。

郎木寺后面的山坡上

白骨，尚有未消殒的一些，
在石臼、青草、野花丛中，
那散落的，并不孤单。

我犹疑地走着，想着什么，
觉得会有哪一块白骨，
疑问一样，忽然站立。
可关于尘世，关于死生、幸福，
我能说些什么。

这会儿，恰值正午，
阳光倾泻，过于强烈，
青草和野花的苦香，过于强烈。
山坡上，牛羊是驯顺的。
——也许，我只能低下头，说说这些。

郎木寺偶见

甲虫，低低伏着，

它的壳上，七点灰尘，定是来自神意。

这会儿它倦了，它要在这儿

安歇片刻。

此刻，午后阳光正照着它，

比照着别处的，更多一点。

这一会儿的阳光，也是来自神意。

蝎子

蝎子，蜇了一下。
我伸出另一根手指，
给它再蜇。

与无奈的晚春相较，
蝎子的痛，单一，
像急遽的花期，略略胀痛，
继而缓慢，犹如痛楚的新生草根
深入了又麻又热的泥土。

而这痛将好
稍稍抚慰了我
死亡尚可与之匹敌的
痛苦的苍老。

晚霞里

我看见那目盲的小孩，
看见灿烂晚霞护着他回家，
抚平了地上所有坑洼
——尽管那孩子还看不见。

我还看见了晚霞
难以遮掩的愧疚，
为了还不能让这孩子看见
而更深地俯下了它苍老的身影。

夏日街景

巨大的深蓝玻璃幕墙，
赤裸，闪烁，残忍。
我看见行人、车辆、树木，
在幕墙深处成群陷落。

我看见幕墙里的无奈挣扎，
那一切，有如溺水的玻璃纸。
我看见那些挣扎，一起仓皇于
幕墙的最深、最暗处。

我的骨骼也忽然僵硬，无法自主。
我感到了无可解释的生疼。
那玻璃间的透明挣扎中，
我尚不及隐遁，已经虚幻地破碎。

冬瓜

夫人的冬瓜
切得有点厚
我知道是因为什么

我不说
我也难过
比她更难过
可不管多难
我都得把这碟冬瓜烧好
把它烹调出尘世的好味道

有些事
真的不是把冬瓜切好烧好
那么简单

不说
也罢

客居

异乡的日子，友人陌生了。
有人请酒，回曰在外；
有人请茶，回曰还在外。
习惯了，颇好。
偶尔电话，偶尔短信微信，
更多的，无了音讯。

客居的日子，悠闲。
有点隔绝，隔而不绝。
如古人在山中，唯山色；
在河畔，唯流水。

客居的明月，真好。
几处明月，想想，也都好。
客居之时，似与几处友人
在同一尘世，也仿佛，几个尘世。

盐少许

一罐汤多少盐?
老厨子说，盐，少许。

用匙，不对；
用三指，两指，拈一点?
不能问，亦无可问了，
老厨子去世已经年。

盐少许，随人，随汤，随心情，
亦随盐，随任何一事。
世间的事，无规矩，
亦规矩独深。

明一事，亦明天下。
明天下时，已无须随任何事，
已无忧喜，无有无，无无无，
可以随天下，天下亦随我。

也许，探指盐罐，抑或是下箸，
随心一点，不拘多少，盐，即合适。

《六柿图》①

寺里，打杂的人可以去菜市，
比如，牧溪②就可以
借着买柴草，携几只柿子回来。
他先前可能挑了四只，
后来，扳扳手指，买了六只。

挑水回来，柿子不见了。
他依稀记得柿子的模样。
僧寮无人，案上铺着昨晚的余纸，
有竹子稻草气息的纸。
纸的味道替他回忆。
砚里的墨，未干，滴几滴水。
水墨的柿子，他先是画了三只、四只，
后来还是画了六只。
空着的一边，画几棵闲闲的青菜。
画完，写完，看看，他觉得柿子的蒂，
有些硬，手指有点硬硬的生疼。
他知道柿子的蒂，煮在锅里，牛肉容易烂，
也就是说，柿子的蒂，硬到可以杀牛。

他不知道的是，后来，
是师兄圆尔辨圆[③]还是谁
将这六只柿子带到了大海东边。
淡墨的青菜呢，不知去了哪里，
那几句太淡的话，也为海风吹去。
他更不知道的是，那六只柿子在异国他乡
竟然一直在，死活，都在。

①《六柿图》（水墨纸本，31.1×29cm）为牧溪名作，现存日本京都大德寺龙光院。

②牧溪，俗姓李，佛名法常，号牧溪。生卒年月不详。南宋末理宗、度宗时在杭州西湖长庆寺当杂役僧。

③日本僧人圆尔辨圆时与牧溪同为破庵派长老无准师范的法嗣。

老琴师

老者抚琴，神色如石，如铁，
亦如童稚，如呆痴。
老者的手指，如枯槁，如清澈，
如象之笨拙，蚁之精微，
如轻羽，如欲飞之灰烬。

琴音，在人世，亦非人世，
是另一世，无有之世，未生之世，
大吉，亦是大凶之世，
是世外，亦是更深的无以解脱之今世。

于此老者，人世，不过一弹而已。
人世，说无可说，哪有那么紧要；
人世的苦乐，哪有那么紧要。

此老者，于人世，只弹天，天上的流云，
大地，偶尔一弹，就流水荡荡，山，横立了。
弹到最深处，这守口如瓶的老者
比木石铁铸更缄默，或者竟如无言之老猿，
于人世，竟投以一种世外的悲悯。

法雨寺的傍晚

傍晚，起风了，
忽而，忽而，风大起。

送别的僧人，立于风中高台，
侧身，
合十。
风中的合十，可是为了我等?

也许，
僧人只是立在风中。
僧人不送——
僧人
亦无处可送尘世的我等。

一粒米寺

米粒大的地方，
修一座寺。

比米粒还小的佛
将好能住在里面。

佛搓搓手说：
一粒米，足够了啊！

寺里的梨

又酸又涩，这才是梨子的本真味道。
它生来带着小母亲的秘密。
它生下来，不是为了谁。
它只是它自己，偶然落生在寺里。

这寺里的梨，不修炼，不入禅房，
亦从不知何谓诵经、削发。
经过的老僧弯腰拾起，
把无知的它，轻轻供在案上。

第二辑

偶然觉出

（2017）

023 — 044

读句偶感

读“厉严寒，阴气下微霜”（阮籍）
再读“纸灰飞扬，朔风野大，
阿兄归矣，犹屡屡回头望汝也”（袁枚）

吾一人，居大厦，有如荒野独坐。

书信

有人微信
遂想起古代的驿站
与家人书与友人书
邈邈关山
汗湿了青青马背

烽火连三月
好些书信石沉大海
好些诗文就此成为绝唱
可能，也会有不识字的戍边人
一页白纸，折出无限心思

那些染尘的书信
最终抵达的书信
叩门之日
万千消息
不说冬雪，只说春花

古琴

这来自人世的，却奇怪地，无尘。
那轻盈的，深潭滴水似的一弹，
那轻的音，似乎只是
弹了一下——秋风。

那轻的，一弹，尘世透明。
那轻的，更轻的，比空，更空，
比虚无，更虚无，
仿若消遁，而又是决然的飘飘大雪。

给山寺送去萝卜白菜

山寺的门，虚掩。
虚掩的门，可以随意？
不，尽管我是寺里熟稔的挑夫，
还是要剥啄几声。

我知道并无僧人责怪，
可还是要敲木鱼那样
敲几下门，即便无人回应，
也还是要喊一声。

我只是挑夫，不上香，亦不祈求。
我只是送来萝卜白菜的人，一身喜气，
带着泥土和晨曦里的露水，
带着肉身和不多的尘世念想。

读一个词

一边读："坚果"，嘴唇就触到了它。
虚无中我用牙齿
要悄然打开它——这怪异的
壳形的小小神秘圆弧。

我一边读，一边就触到了它
封闭的气息，触到了
那悄然逼近、阻止了我唇吻的
对它外壳的坚硬想象。

割草

最心狠的人
用什么
割草

没有镰刀
也不用
在那人眼里
镰刀不算什么

那人只拣选
最细瘦的一根
用这草叶
轻轻一割

秋天啊
就茫茫地
落了下来

占卜（之一）

夜深，独自，
左手抛起、落下的三枚铜钱，
是命定；右手抛起落下的，
也是。

抛起，落下——
凡命定的，不看
也罢。

可还是不，不，夜深不寐，
还是起身要暗中触探
那看不见的
尘世的命定。

露从昨夜白，今夜，白也不白？

铁·木头

铁钉，深入木头，
要一直、一直到这木头
再也无法钉入
哪怕是最细小的一枚。

钉子在木头里的沉溺，
是爱，荒淫暴力的爱，
是黄昏深入黑夜，
黑夜深入了黎明。

而我却奇怪地
迷恋这沦陷般的沉溺，
迷恋这深入和被深入的痛苦，
受虐一般的颓废而餍足。

那山水人家，她说

那山水人家，临水而居
一家人眼神清澈，衣衫洁净
几册农书，再无多余片纸
四围寂静，竹木安然

行经的我，以为懂得很多
以为我走了很长的路
以为我因所见所闻所感
可以说些什么

那家的小女儿却抱着一只猫
说要给它洗洗耳朵
说要洗净它的眼睛、嘴巴
就用溪水，几片碧绿树叶

她说，阳光真好，水声清冷
你不必走那么远，读那么多书
她说，做一只猫一棵树就好
猫懂的，树懂的，我们人都不懂

偶然觉出

偶然觉出进餐咀嚼时候
我会感恩愧疚一样
深深闭住眼睛
这让我忽然有点
感动于卑微的自己

深深地闭着眼睛
我才更像是一个人吧
才有神站在我的身后
把尘世的我
爱得终于像是一个人了

墓志铭

此时晴好，可是韶光即逝
上山的诸位请及早回家
人间的炊烟正浓
这家常的味道我早已忘记

生而为人，我很抱歉
可我已经安心于此
不能随尔等下山回去
我已经欢喜于这山上的无上清凉

剥韭菜

老根切去

老叶除去

难在

可留可不留的叶子

留

不留

索性去了吧

索性留下吧

索性

还是去了吧

抄经人

抄经人佝偻着
他的手颤抖，指尖殷红
噙一下有些秃了的笔
再抄几行
他不解那陌生的词究为何意
他的笔下
是妻儿的五谷、油盐、衣衫

——佛俯下身子问：饿了么

抄经人佝偻着
头更低了
一次次挤出
指尖殷红的血
蘸一下
再抄一行
再抄几个字的油盐和五谷

——佛问：饿了么

毕竟是人世
佛经也毕竟是尘世之书
佛俯下身子
把油灯悄悄拨亮
佛把自己的手指燃上

——佛说：尘世，饿了

斧子三题

1

想起一把斧子
桥就断了

我甚至来不及想象
要如何拆去断桥的残木

2

我不会去借那把斧子
我只是偶然看见
虽然深夜
我不断听见它
痛苦、欲罢不能的哀求

清晨上山的时候
我别过脸去
我不忍看见路边的柴房里
那斧子
煎熬地立着

我知道
斧子的清晨
比夜晚更难煎熬
可我不会带着那把斧子上山去

3

斧子
我无法捉住它
虚幻不定
躲闪的斧柄

斧子躲开
是惧怕它自己
难以抑制的戾气

斧子知道
它出手即是斧刃
即是难忍的斧伤

我无法捉住
斧子也无法把自己汹涌的秘密
藏起，藏死

斧子不能
斧子痛苦
斧子也许是这个尘世
难以停下歇息的
慌乱不堪的暗示

燃灯节

天快黑了
寒风里
人们俯身点灯
灯亮了
灯真多
比尘世的人还要多

风大了
有的灯一直燃着
有的灭了
再点
还是灭了

燃着的一盏盏灯
佛看见了
灭了的灯
佛也看见了
佛说

灯
终归是要灭的

佛说燃着的灯
我喜欢
灭了的灯
我也喜欢

雨中上坟

夏雨微凉，燃烧的纸钱
比往常多了青烟缭绕。
上坟的人，止于礼，
陪伴者，我毕竟外人，心静如水。

百年之后，我亦是如许安歇。
我所想的是不要有人来看我，
尤其家人，尤其远方的女儿，
怕她凄凉，万一她会凄凉。

有偶尔祭奠陌邻的人就好。
坟地上的谈话，平淡朴素，
没有遮掩的谈话，近乎真理。
他们和睦低声，说落叶，也说着繁花。

第三辑

我只去过很少地方（2018）

045 — 060

刀

一把刀
无处安放
插在花瓶里

花瓶空空
没有花
只有这刀
后来这刀
不知去了哪里

插花的时候
总觉得有风
有犀利的冷风
飒飒划过

有些花好像“唰”地一下
就落了

我只去过很少地方

去过太多地方的人是可耻的。
热爱的世界，应该小一点，
小到只有青青的石头，
一些树，半坡花草，流水，茅屋，
一块荷锄可以果腹的田亩。

真的，一个人只去很少的地方就够了。
心里，有一个人也就够了。
尤其那很少的地方，
是很少人去过的；
尤其是爱着的那个人
已经去过了最遥远的天边。

小雨

出门，下雨，小雨，回去拿把伞？
算了吧，我也不过是随意走走，
去不多远，也许不过是看看
那条许久没走的孤寂小路。

小雨下着，不觉不觉，
肩头湿了，湿了也就湿了吧。
草地湿了，地上满是雨水，
无非是鞋湿了，但还可以走过去。

往回走的时候，忽然想
大雨没什么，大雨从来打湿不了人生，
打湿了人生的，从来都是
若有若无的小雨。

冬天（在东北）

上苍赐予人们冬天，
既是上苍赐予，必有深意。
春夏之后，秋天给予人们丰盛的粮食，
过冬的柴火，山林也已慷慨给予。
上苍还教会人们把屋墙砌得很厚，门窗很小，
教会人们在冬天如何安身、饮食、婚配，
像鼠类那样生存，学会耐心等待。
让人们知道有些时候，不能随意出门，
让人们知道有些时候，要耐心等待。
这看似平常的轮回，必有深意。
既是上苍赐予，其恩必深。

杀牛

杀牛是容易的
至多有一颗
比它的眼睛还大
怎么也不肯落下的泪珠

解牛也容易
无非是庖丁的尖刀
冷风拂过
骨缝的幽暗，忽然间，亮了

而烹煮不易
除非是在秋天
秋天的大树下
树叶枯了
九十九片树叶飘落
那叶子也必须是一起
甚至是不假秋风
就顺从地落了

树叶落下

一起落下

诵经一般地落下

那牛忽然

忽然就懂得——秋天到了

草原鼠

它们只有很少的时间嬉戏
或那看似的嬉戏
四处的奔跑、停顿、凝神
有着人类未解的神秘

它们掘洞藏身，比万物更忙
它们繁衍，和异类对峙
也和吝啬的种植者争斗
找寻粮食，悉心储存

它们体察天气
预测收成，如果干旱
就减少甚或停止养育
如果丰收，它们要子孙满窝

窸窸窣窣，若有外敌
它们电线一样的鼠须

就是侦测的天线
从黑暗中抖动着，探向洞外的天光

而大雨将至
为防洞口坍塌
它们会巧妙地在洞口
支上几根小树枝充作门楣

雨下得愈来愈大了
黑暗里的它们就愈是认真在听
像是一群在野外躲雨
等着妈妈回家的好孩子

夜要更静一些

夜要更静一些
更静一些
才能觉出那几棵树
新萌的叶子
还没睡去

觉出
山谷里的石头
悄然起身

觉出
流水是怎样寂寥地
爱恋着山涧的野花

觉出草地上的黑蚂蚁
细细的手脚
在月光下
写出纤细的黑色字迹

觉出有人

要在黎明前

独自一人

收拾了行囊出门

不再回来

新年

新年的最初几天，
风雪还是习惯于晨昏降临。
这是岁月之神
缄默不语的关于大地的秘密。

岁月不说的，
风雪也不说，
只是用寒冷把院门暂时封住，
让劬劳了一年的人们好好安歇。

岁月不说的，还有
祖辈们已经收捡好了的老衣。
不说的，还有孩子们正在梦呓里长大，
而风雪再有不多时日，将悄然过去。

第四辑

最幸福的（2019）

061 — 090

夜航

舷窗望下，依稀的平原，山坳，
渺小人家的灯，幽微亮着。
千里江山，有我爱过的良善人家，
有我怜惜过的女子。

混沌大地，一灯如豆，一灯尚不如豆。
我仿若自己是神，只是无力去爱。
我只是惭愧，深深低头，
再也无力把自己变得像一个好男子。

初春

初春，卖菜的女人
厚厚棉衣裹着孩子
没人买菜时，女人将孩子的脸
转向怀里，亲了一下

小女孩也回亲着母亲
亲一下，小鸡啄米一样地亲一下
母女俩那么亲着
相互啄米一样，黏在一起

风有些冷，风带来冷意的时候
母女俩就抱得更紧
亲得更紧，像做游戏一样
大孩子小孩子过家家一样

默示

心里有事
觐见诸神时
不待祈问
神已默示

忽而觉得诸神
亦可能是先祖亡灵
知我前生
亦知我未降的尘土来世

且让我忍泪颔首
让我默认——
既然是余命荒野
神既已慈悲默示

父母的餐桌照片

大弟在外
我偶尔
小弟辛苦
微信上几乎每天发来
父母的午餐照片
照片左右
偶尔露出父亲的手
母亲的衣袖
偶尔也有他们的水杯、药瓶

父母老了
八十多了
小弟发来的照片
总有一天会空出一边
有一天也会两边都空了
那时的小弟
也许就不再发来
只是偶尔发一下院子里的花草

发一下雪落了

花开了

一年又过去了

寺里读经

再次读经
二百六十字的《心经》
已读了无数遍

夜深人静
再读一遍
再读
酥油灯暗了
似乎灯里
有悄然的牛角弯过
有牛在寺外的草地上
悠闲地咀嚼着暗中的山岗

牛吃草
我读经
流水读大地
云读天空
日月读万物

再读一遍
眼含热泪的我
忽然感觉
古老的松木地板
慢慢浸润我赤裸的脚面
木纹布满
纤维入骨
我已是寺里的一根廊柱

院子里的旧沙发

冬天午后
旧沙发静悄悄的
上午晒了太阳的老人
想来都在午休
祝福那些午休的老夫妇吧
尽管他们可能
已经分床而睡
也祝福那些独居的
已经习惯了独自一人

我只是乞求午后阳光
在这儿多照耀一会儿
等那些老人午睡起来
可以在这儿回忆他们的过往
一直到晚饭时候
双双的老人仿佛初恋时候
拉着手坚定地回去
而那独居的人
早已历经沧桑
觉得一切不过如此

一个人走了

一个人走了
还好
没在楼下搭建灵棚
没有燃香烧纸
没有人头攒动
只是从门口到外面的小路
撒上了引魂的粮食

还好
屋里没有遗像
没有供果
没有鲜花
家人早早去了山上
做最后的陪伴

还好这样
这样就阳光晴朗
大地正回春

这样就好

好像今天

没有谁离去

最幸福的

幸福的是
一觉醒来，枕边无人
厨房里隐隐有
水的声音，火的声音
暗暗袭来的，粥菜的香气

不想起来，听见脚步声近了
忽然睁眼，诡秘地一笑
我知道，那是对我昨夜的报偿
昨夜抱着她，抱着，到这会儿
还没过去，还热热的
空气里还满是我们昨夜的味儿

冬天怎么不下雪了

所居之地，虽然是高寒的西北
雪，也越来越少了
想念小时候
二尺厚的大雪，翩然而降

现在——据说用不了多久
就再也不会下雪了
雪，人们已经忘了，只是传说
这个世界上还曾经有过大雪

冬天，是下雪的季节
不下雪的冬天，怎么会是冬天
那应时应运的大雪啊
雪不落下，怎么会是桑麻人间

丰收季

丰收季，满地晒谷，一片金黄
少许的红，是喜庆的辣椒
人类的生活，似乎可以如此简单
简单到不再需要别的什么
哦，可还需要一边，晾晒着的南瓜子
一粒粒那么饱满，像是小腹渐渐隆起的
孕育着未来的新婚女
而最幸福的是那些觅食的麻雀
多好啊，铺满了稻谷的草席上
蹦蹦跳跳，跳跳蹦蹦
辛劳的人啊，你们要爱啊
别驱赶它们，别苛责它们
我更要感激那些并不富足甚至贫寒的人
在稻谷脱壳、幸福入仓之前
请给鸟们留下一点粮食
在大雪覆盖万物之前
请给它们多留下一点
可以让它们繁衍到来年

这会儿正是普天同庆，它们是来庆贺的
它们的叽叽喳喳，是满满的祝福
它们也还可能是你们前世回转的亲人
你们曾经的父母、姐妹、兄弟
在它们乖巧亲切的靠近里
可以看到它们努力辨认的眼神

有树的院子

院子里，大木森森，
树荫下悠闲站站，
尤其春天、夏天，微风何其好；
尤其秋天，树叶微微，几分斑斓。

大木之下的悠游，
即便有忽至的秋雨，心也是欢喜的。
惬意地看看，忽尔，冬天就来了。
有谁雪地敲响？不是门，是自然的木头。

我从山上下来

我从山上下来
我已祭拜过
神恩
已经默许

我从山上下来
七天七夜才下山来
山上，我乞求神恩的时候
没有落泪
而见到山下民居
夜色里一盏盏灯亮着
我就落下泪来
虽然那些灯盏也并没有
照亮我脚下的小路

我落泪不是为了神恩
是为这人世
虽然山下的袅袅炊烟
也不是升自我母亲的屋顶
可我还是流下了幸福的泪水

门

连通阳台的门
开着
风一吹
“嗵”的一声关上了

再次听见
是门又开了

“嗵”的一声
一会儿，又是一声
我耐心要听的时候
那声音
没了

也许
我不去把门锁死
就是奇怪地为了
那“嗵”的一声

就是为了
细细玩味自己
可以如何地
一再不安

树上的黑鸟

黑鸟倏地落下
四野空旷
唯有这落尽了叶子的
独木

黑鸟安然，虽然早已发现
举着手机拍照的我
在它眼里
唯它，余者皆是过客

空气凝滞
黑鸟忽而敛羽侧身
好像在问
拍好了吗

这世上

这世上，有农夫、工匠，牧马人，
旅行者，精于占卜的人，
也有辛劳的商人，哲人的孤独——
人不愿思索的，请交给他苦难的肉身。

人有各样，人又为何漫长活在这世上？
大地，以黎明到黄昏的时光昭示：
黎明，众人各行其是；黄昏，各安其所。
这是岁月的意思，大地要人顺从领受。

高原晚照

高原趺坐
夕照自头顶、脸庞
肩上
徐徐落下

也自我无力的手臂
胸
不能远行的双足
徐徐落下

独坐的我
废旧的身子
沐洗一新
犹如蒙难

滨名湖①畔

餐厅，玻璃窗内，有观湖的老人
简单，就是一碟一盏的幽静
偶尔一动的是老人的优雅手指
缓慢、深邃的眼神

日子就是这样，这样来，这样去
老人观湖，从容端坐
举杯饮茶之际
湖面荡漾，并不是来自他的谦谦邀请

①滨名湖位于日本静冈。

美味

餐桌静坐，翻几页书
也痴望云来云去的窗外
水管滴沥有声
刀，在砧板上肃然立着

晚餐时分临近
我再一次洗净手
放弃五色菜蔬
只对着空荡荡的傍晚

至上的美味，也许不是碟中之物
而是餐厅里的坐姿，因而
我要庄重坐下，我愈是庄重
那形而上的碟中，也就愈是美味

昨晚

昨晚，想找人喝一杯酒，说说话。

邀约了。

可最终还是发去两个字：

“算了”。

一个人

出门

去了。

无趣的傍晚

傍晚，无趣，
无趣，而又自觉可悲。

漫无目的走着，暗想，
如果我能忍住——不想，该有多好。

遇见一只猫，蹲在地上，看了它半天，
一直看到我，终于高兴起来。

往事

消瘦的她
忽然回身
紧紧抱着
太想了，说着她闭上了眼睛

抵着我的
嶙峋耻骨
湿藏着什么
像是阴暗的陡峭悬崖
溪水
隐忍而温热

太想了，她说
凉凉的
热热的
太想了，我永远记着那战栗
也有些奇怪的声音

她离我而去经年

那荒凉处

杂草有多高

深秋的杂草

杂草
它们低伏，暗暗生长
到深秋
才更深也更赫然地遍地疯长

大地苍苍
草色凄凉
这野性的荒芜
放肆、决绝
临近冬日时
才闪电般扑灭了
最后的秋天

第五辑

九个红薯

（2020）

091 — 128

冬哀记

墓穴边上堆着新掘出的泥土
羼杂着落叶和腊月的残雪
老人的孙子过去，撒一把泥土
儿子、女儿蹲下，撒下一把泥土
我早早抓起一把泥土
跟他们一样，轻轻撒下
我早早抓起是为了在手心里暖着
好让腊月的泥土不那么寒冷
覆盖灵柩的泥土已经很厚
可我觉得就是我撒下去的那一把
才埋葬了老人最后的一丝余温
我觉得我那一把泥土寒冷地撒在了
所有安息了的母亲的胸口上

白菜纪事

快入冬时，母亲总是让我
喊来卖白菜的汉子。
一架子车白菜，母亲一一过手，
像是掂量着就要到来的冬天。

下雪了，母亲悄悄掀起覆盖着的草帘，
一颗一颗凝神看着。外面啊，
纷纷大雪，大雪纷纷，遮掩了
人们来往的大路和小路。

如今，我偶尔想起母亲
叫我喊回来那些白菜，也许只是她
多年养就的习惯，并不全是为了
度过那个寒冷寂寥的严冬。

这就是一世的夫妻啊

有人从楼里出来
手也并没有拉着
男人往前
女人也跟着往前
男人说了一句什么，往回
女人，也跟着往回

而男人忽地又转身往前
女人又转身跟着
两个人，不即不离
什么话也不说
这就是夫妻，要一世相随的夫妻啊

聆听

没在等谁，
我呢，是在等一件一件的事。

草在风中，云在天上，
人在路上，路在大地上，
大地呢，在海边。
所有的事情，没发出特别的声响，
但我一一感觉到了。

我想起一个人说的话——
哪个人不是在大地上，
坐着
聆听
等着一件件事，神一样发生。

土白色的牛群

——柬埔寨纪行之一

土白色的牛，远处伫立。
暮色如残血，仿佛
三月的祭祀。

大地，正是绵延数月的旱季，
我未发现慈悲的水源，
亦未知晓那些门前的陶瓮，
清凉的水缘何而来。

土白色的牛，偶尔走动
更多时候，静静的雕像一样。
它们因干渴而消瘦，
一排排肋骨毕露，
如同合十的手掌。

春天的沙

一粒、一粒……的沙。
清凉的，沙的洁净小脸，
而那更细碎的，我看不见。

我知道它们此刻
正给阴影和大地的潮湿
悄然喂养着，初春的淡绿气息。

占卜（之二）

戊子日占卜，问：
“第四日晚上，上苍让下雨吗？”
又卜：“第四日晚上，
上苍不让下雨吗？”

龟甲兆象：
“丁酉日下雨，辛卯日不下雨。”
第十天丁酉日，下雨了。
巫断言。果然。

我亦于黄昏卜辞，
却卜尽了
野花相伴，一生的仓皇尘土。

空碗

水火之后
是素朴的陶

不染
尘世气息的

空碗
就让它
好好
空着吧

风却无意
落下一粒
尘世的白米

雨天的甲虫

田野，生生不灭，
阴雨连绵，也没能淹没这只甲虫
带着华美雨色的小小呼吸，
和黑色印象主义上的
七个红漆梦幻斑点；
淹没那银色触须簌簌抖动，
扫雷一样侦伺着的
大雨中神秘的奢华天气。

先生

从没想过，你会安歇在这里。
前些年，你生病，没去看你。
我觉得你不会死，不过是生病。
那天，川洲弟来电话说，
你已经在回老家的路上了。
你留下话，说
出来几十年了，要回去安歇。

几年后，我到张家川看你。
你的墓，没有立碑。
可即便有，刻些什么呢?
刻上先生之墓，这不好。
我知道你不喜欢。
也就这样吧，一抔黄土，
背后几株森森大树，
旁边是侄子们耕作的田亩。
累了，他们在你身边坐下，
说话，喝茶，不时也会想起你。

你安息的高庄，距我的来处七八百里。

我磕了三个头，又三个。

离得这么近，可是你已经不会说，

来了，赶紧坐下，我们说说话。

我下次再来，不知什么时候。

也许，没有某种机缘，就很难再来。

先生，你要原谅我，万一，

万一，我不能再来，万一忘了。

真的，世界太大，人世太大，

先生，又是如此的纷纷扰扰……

清晨的斋堂

俯身轻啜
米粥温顺
而腌芥菜的咸涩
正适宜于素朴无味的馒头

清水洗尘
斋案上扣着
质若粗布的碗
像是刚刚洗沐一净的僧人

晨光如水
斋堂若空
这清凉里的空静
亦有着很深的民间的风尘啊

刀

从未见过如许的锋利
不敢触碰
偶尔上手
它不驯服地拧着

失魂落魄的我
擦拭的时候
它周身
如飞雪

既然
既然——
也就索性
还是成全它一次

既然这把刀
既然
它在酒家
我的手上系命

寨子里的告别

亡人安息在木楼西侧
三炷香燃着，野蛮的烟
我们不过是凝视着
默默绕上一圈

没有人哭泣
就是静静环绕，然后吃饭
掺了黑豆的米饭，还有
大块大块的齁咸的野味
比起吊唁
沉默吃饭的时间延长到午夜

似乎人们来这儿就是为了
用很长的时间吃更多的饭食
用活着的人还能吃饭的方式
做漫长的最后的告别

信

写一封信
从另一处寄给自己
无人打开
就是收信人尚未归来

那封信
在桌上
等那个收信的人
等着暮色一次次降临

他知道
那封信不打开
那个人就不曾回来
不会回来

林间的事

我终于把那只鸟
等了回来

在我
这不是想象

有雾的清晨
那些树，忽然收紧

不是“似乎”
“仿佛”“好像”

是那只鸟终于
落在了“真实”的枝条上

蛾子

黏湿，软糯，粉腻
交配的蛾子
这蛾子不认识那蛾子
什么也不为那样，就连在了一起

交配的蛾子似乎就是
为了命定的什么
为了那比针尖还细微的神秘
一动不动，忍受着徐徐降临的痛苦

“咔”

逆行荒野
不知为何
一串钥匙遗落了

每每想起
就会有其中一把
耳边悄然转动
“咔”的一声

木匠和树

路过那棵大树
那木匠总是会停下
认真看看

木匠想说句什么
不知不觉
搓了搓他
粗硬的手

走过去了
他还在念叨

转过山坳时候
他忍不住
回头
又看了一眼

那棵树
还在

旅途

旅途，田亩，山泉，小桥
路边三五茅屋，可歇脚之地
还是有一座寺吧
不论多小，哪怕只有一位半聋老僧
哪怕只是堙没了的
残垣断瓦，如泥的零落

可也就是这样吧
哪怕什么都没有，只有
一座寺的传说，也许更好
安心净扫，秉持一钵清水
静坐一时半刻
就一切就都有了啊

伴着我的神啊，你说，好不好呢

烈日下的劳作

烈日正午
该是午歇时辰
远处裸露的水泥地坪上
依旧有人劳作

阳光炫目，看不清
那人似乎只是一些动作
重复的
无意义的动作

灼热的阳光
闪烁在水泥地坪上
晒干了
似乎假象的汗水

清晨

屋檐下
一溜水滴，淅淅沥沥，滴着
夜里的露水，那么重啊

雄鸡叫过了
井口上苫着新的草帘
那么好闻的秋天稻草气息
井台上是刚刚汲水洒下的
新鲜的水迹

门外
扫帚立着
师傅早早上山去了

拜托

出门，转身回来
注视屋里的桌椅柜子，温暖床铺
四壁之内，我一一感恩

出门在外
是它们在家里安静候我
它们陪伴我多年
还要陪伴下去
我在，我不在的时候，拜托了啊

疼爱

想把弯刀
赠给恋人
弯刀太美，刀刃的弧线太美
比美人更美

想把这刀赠给恋人
不曾送出
已悄然割伤了她
想象的疼
比真实的，更疼

想让她疼
又不忍
可我还是奇怪地
爱她皱起眉头
爱她疼痛时的楚楚模样

车站

站牌下卧着一只老狗
想起哪一部电影
主人亡故
痴心的小狗
等成了老狗苍苍

公交车到站
刚要抬脚
忽然感觉自己
就是那个亡故的人
好些年过去
上了不知去哪儿的车
再也没回来

母亲的药片

偶然误服，母亲记住了
这药片加量就可以结束诸病缠身
耄耋之年的老母，悄悄积攒
可她也难，知道一去不能复返
几次我们找到药片，几次她说
你就给我，我放着，不吃

有一晚临别，她对我说
你过来，让我看看你
那一晚，我一直惦记，担心
那药片是母亲的解脱，是苦，也是甜
老母亲不畏死，她就是怕这一去
就再也不能见到我们

大地上

大地上的人，各自为安
各有各的黎明，各有各的夜晚
各有各的疆域，各是各的国民
人们啊，也各有各的古老先祖

人们啊，各有各的山川
各有各的食粮水源，各有各的回家的黄昏路
各有各的，行经大地的命运一生
各有各的，紧紧拥抱热爱的感恩

山里的房子

山里的房子
无须锁门
晨风推开，清凉的阳光进来
青草的气息进来，落叶进来
鸡鸭和狗在门外张望
也都是可以进来的

晚上
雾蒙蒙起了
浓重露水禁不住啊，也滴落下来
屋门才到了要关上的时候

那门，“吱扭”一声
似乎是晚风吹着关上的
似乎是自己把自己关上的

野草

刈除那些野草，种不种什么
何时种，反正山里人要种些什么
学着刈草，学着用锄头用手
野草的枝蔓太乱，根须死死纠缠
最终不用手就无法将它们连根清除
野草芜杂，有的有刺，有的没有
山里的人劝我别动，手会发痒
一会儿果然蜇到，手上红疹遍布

是啊，野草本在这里，根在这里
我不是山民，不随这里的水土
那些野草只跟山民有关
只是习惯山民的手脚
我一个旅人，不过是偶然
那些野草不认识我
那些野草，也没有一种是我认识的

山居人家

山居人家，偶尔回来看看
屋舍依旧，半旧的窗帘依旧
门，闭着，楼上晒谷的簸箩，空着
七八棵橘树，更多的藏在山里
树下，橘子落了很多
今天，昨天，还有前几天掉落的

梨树，果子酸涩又小，已给砍去
柚子树悬垂着硕大的果实
陪着我的人说，这棵树的柚子酸涩
七八个掉落泥地的，正在腐烂
柿子树很高，有数十枚柿子，依旧不解人世
我最爱的是井，苫着新的稻草编织的帘子
一些新鲜的水渍，因我的干渴而洒下

老周

老屋的玻璃，什么时候裂了
老周裁了玻璃，他有这手艺
松动的窗框和屋顶的瓦他也收拾了
门外那片地，前几天翻了，种了莴苣
一些杂草铲出来，堆着晾晒
明天不下雨的话，就可以烧去了
还有一些地，老周翻来覆去
用锄头把大块的土捣碎
那些夹杂在里面的杂草，更要除去
杂草的命，比稻子更倔强
老周离不开这些，他的一代代先祖
就葬在背后的山上

几天后，老周和他的女人要回镇上
锁门的时候他那么认真
就像是清早的女人仔细地摸着要扣好
胸前那一粒最珍贵的羞涩的纽扣

老冬瓜

灶房门口，几十斤重的老冬瓜
霜一样的白醭，若隐若现
它暗绿的底蕴有几分凛然
斜阳映照，冬瓜几处沾着
“个”字，还有“小”字的迷人竹叶
可它真的太沉了，近乎沉重
似乎比它安歇的地面还沉
比这家的老主人，还要主人

如今，我在千里之外，隔山隔水
可我知道那冬瓜定然还在那儿，于它
萧然的天气，不过是萧然而已
它太沉，也太大了，我不知道
那山居的老人欲如何享用
或者，他已出游很久，早已遗忘

九个红薯

红薯，早上的粥里煮了一个
另外的那些，在青石板上打盹
这会儿，上午九点的阳光斜斜照着
它们的身上，沾着褐色的泥土

这上午，我数次走过，驻足
可我数来数去，还是数到了九个
那一个，跟这些红薯一样
好像还在那儿，跟那几个，还在一起

刨床

刨刃，不知去了哪里
丢弃在角落里的刨床
灰尘厚厚，像是最初一段素朴的木头
像是回到了最初的时间
像是一段最初的泥土
又回到了鸿蒙天地

青瓦

阳光没损坏那些青瓦
风雨呢，难说，不好说
可年年风雨后，你都爬上梯子
检视那些你亲手铺好的一片片瓦

不是阳光，可能也不是风雨
是岁月，或岁月也不是
引你上去，换几片让你安心青瓦的
不过是一直立在那儿的梯子

阳光与小狗

阳光照着
小狗不懂
阳光也不懂
小狗只是感觉
身上很暖

小狗很暖
阳光这一会儿不为什么
也不是为了这条小狗
这一会儿阳光就是这样
不知为何照着

第六辑

米虫

（2021）

129 — 172

苦竹寺

逢苦而住，遇竹而寺，
这寺早已命定。
苦之笋，我已食用七日，
伴之以糙米青菜，
苦而甘，苦如怡。
苦久了，不苦，苦滋味甚醇厚矣。
斯苦，明目清心。
苦亦是一种好，可伴人，人生的长久。

七日，尘世已很久。
我欲下山，父母年迈，我得侍奉。
老僧曰：你不必写，来便来，去便去。
好，待我掘一苦笋，携一怀清苦，下山去。

三只橘子

窗台上
三只橘子
两只挨着
一只，独个

我想，我可能愿意是
那两只紧挨着的
而我可能更愿意是
独个的那一只

那挨着的真像是挨着啊
而那独个的更像是
紧紧挨着我的

拎着锄头的老周

拎着锄头
老周一会儿出去
一会儿又出去

他的锄头
一闪一闪
这边挖几下，那边挖几下
他想在哪儿挖几下就挖几下

他说，我想种什么
就种什么
他已经习惯了
就是想不时去挖几下

他说今天的太阳真好
雨，好不容易停了

小凳子

木料的边角
木匠做了一只小凳子
木料厚实
拍拍
我说这小凳子
可以用很多年

周木匠说
我做这只小凳子
是为了坐
不是为了在多年后
把它坐坏

晨雾里

那天
我们在晨雾里站着
雾
真大啊
两山之间
弯着七彩的虹

我们站着
好像站在神殿
肃穆的拱门下

真是静啊
一句话也不想说
漫坡的莴苣
发散着清苦

偶尔
有狗在山下

冰湖上

冰湖上
两只毛色不同的鸭子
未结冰的湖边
不时出没

每次经过我都要找一找它们
找到了，欣慰地看看
我只是偶尔一次
忧伤地找不到它们
那一夜，它们两两相偎
安歇何处

这严冬的孤儿
它们从哪里来
怎么就遇到、喜欢在了一起
它们默默相随
是要到地老天荒的样子

遗忘的室内乐

褪下衣衫
她说，你不是在信里说
遮住的窗帘，透过薄薄光线
朦胧，忧郁，神秘

我看见你脸庞的侧影
肩膀的柔顺和滑下的手臂
那阴暗处，我多想它能
染上阳光的灿烂
那阴湿的，那充溢着爱的阴暗
是阳光的喜爱

是的，那阴雨的下午
要有一点阴暗，在阳光里炸裂，纷飞
我们缺少的，不是爱
是比爱更爱，是更爱的，一起绝望的力量

坐望

大地如海，山峦起伏
草木葳蕤如万世百姓的生死尘衣

一切，可以了
我这一生可以了，上苍，谢谢啊

真的感谢
我已寂寞过了

此刻，我在道边安坐
等着有风
吹过落日

我总要去一次山后

山后森林茂密
下午四点，已然光线昏暗
我数次伫立林边
听流水，深林里淙淙暗响

多想逆着流水穿越森林
去那边看看
那令人惊恐
迷人的

我已衰老
有生之年
要把压在心底的死亡
交出去

我知道我应该过去，回去
一想到这个

我就为自己
流下了热泪

爱人，你就留在这边
等我也不必等我
炉前你煮好热茶
为我留一杯就好

我该回去除草了

我该回去除草了
草太深了
竹林里也是
绊人的脚

我是除草的妇人
成熟，结实，干净
你来吧
什么时候都好

待我除尽了野草
你就来吧
免得草太深
打湿了你的裤脚

秋天你也可以来
我的怀里很暖

火炉和茶

我都带来了

夜晚我们敞着窗子

有风拂过

你是马儿过山岗

带着草木香

宰牛

四五个裤腿
粘满骨肉渣滓的人
嬉笑着
严肃
只一瞬间

他们眼里
牛
不过是埋藏着骨头的肉

剔去骨头的时候
它们堆着
风
怎么也吹不动啊

帝王之夜（之一）

俯视群臣
自称朕的帝王
烛光下
多么孤单

更孤单的是
跟嫔妃嬉戏厌倦之后
珠帘无聊垂下
最后的太监
独独照着
无眠的寡人

皇城外
黑暗如咸涩的海

谁在无声地
悄然
策马

山中来信

她说，八点，老人就睡了
九点，她也要睡了
山里早就黑了
想想也是
天黑了
就到了睡觉的时候了

人口牲畜，鸡鸭草木
都到了睡觉的时候
不睡的，是什么呢
不睡的，熬着

天不赐灯
这意思是说
天都睡了
人们啊，要跟随

去河边

去河边
不是去钓鱼

不伸手
只独坐
亦不注目
只偶尔扫上一眼河面水波
来而复去的折痕

我钓不动滚滚河水
更遑论河底的暗色岩层

波浪下
大地深深涌动

一杯热水

不在家的一日
妻依旧会给我的杯子
灌满热水
忙完回去
知道杯子里必然有
满满的一杯热水
这不是爱
只是老妻多年的习惯

端起水忽然想
以后我真的不在的日子
烧开了水
犹豫一下
她还是会拿起我的杯子
将那个杯子灌满了热水

唉，两个偶然遇到一起的人
怎么就遇成了一生一世的夫妻

大地

清晨，大地是陌生的
大地只是早起的女人、农夫和旅人的
鸟鸣是意外
叫不醒什么
鸟鸣的水晶里
痛苦透明，一粒一粒
庄稼呢，刚起身，睡眼蒙眬
河水迟滞，一动不动

要临近中午
炊烟才懒散升起
母亲般的大地才沉甸甸的
才感受到了她腹部的丰腴
而要到了黄昏
恋人们才感受到了如蜜的大地金黄
听到了谁，叮嘱一般的温暖絮语

体育公园

天色渐晚
铁质的单杠这边
有人锻炼
这些玩铁的人
肌肉发达的人
渐渐沉入了暮色

这些一声不吭的人
憋足了力气的人
深陷在暮色里
除了单杠不时发出
空洞的“咣咣”声响

偈子

用刀砍过的清泉
可饮可洗濯

用刀砍过的田壤
可耕种

用刀砍过的竹木
可栖身

用刀砍过的婚姻
可孕育

而用刀砍过的日子
将来要一一錾刻在天上

大佛寺夜事

夤夜小解
佛寺的茅厕在外
过中庭
出窄门
十丈开外
是茅厕的隐隐气息

草虫唧唧，唧唧
星月之下，是各样草木的气息
衣上浸染的烛油的气息
夜静静的，微风里是
缥缈的茅厕的气息
也无非是佛的意思啊

田园

鸟声，忽地静了
屋子下面的石阶老了
满是绿苔
散乱的野草一边，扫帚是新编的

家人去赶场了，担着新米和青菜
麻鸭在水田，隔着一片
开了细碎白花，就要枯死的竹林
山坡背后，老坟安睡

静静的一切，似乎在等什么
等一个人，等了好久，还没回来
屋檐下的露水，一直滴着
田埂上，有野猪踩踏的新鲜泥痕

腊月的萝卜

地窖里这些
结实的萝卜
沉入阴凉的黑暗
或有人擎着光亮忽然打开

和萝卜有几分相似的
还有桐油刷过的地窖的门
来自小镇汉子粗笨手脚的
铺地的稻草

这食物如何好吃
要交予慈悲的母亲
灶房的火苗
来自木柴的忍痛

人们啊，活过这个冬天
就靠着萝卜和稍许的盐
酱色太深
对不起门外清凉的白雪

扫地僧

扫了六十年了
不知换了多少把扫帚
竹林里的落叶
年年落啊

和六十年前
少年学着扫地的动作一样
小心翼翼
还是小心翼翼
竹林里的小径
今早落叶不多
他还是一寸压着一寸
扫了过去

冬天的绿萝卜

北风一紧再紧
菜市场成袋成袋的萝卜
默然而赤裸

它们一个一个并拢蜷缩
挤在一起
风寒，那白的半截
未见得有多白
绿的半截
却是更绿了

书简

七月初五——

冷压压黑石墙面，一行日文，
那意思是隐泉。
黑衣侍者托来捶揲的银酒杯，
冰冻过的，壁上有汗，
如你性事之后汗的沁凉。
清酒八海山，用了
极品的米——山田锦，
直取密致的米心，爱心。
发酵的欲望，是醇酒的秘密。
可是好酒，得以冰抚慰，
酒意才真切，才不忍离乱，
像爱在风中的临别。
海草，暗绿且软，
若有若无的你不时有着淡淡醋滋味。
鹅肝，奇妙，鹅肝是近乎香艳的嫩。
而我爱你微微凝视万物的“空”与“色”。

色拉，蔬果家常，
拌着八爪鱼，荡漾着
海水的潋滟。
八爪，从八到一，
你的纤指，一一为爱数着。
冰镇的黑瓷盘里，
三文鱼橘红，金枪鱼嫣红，
加吉鱼鱼皮青灰而内里白皙，
赤贝泛着淡红，狮鱼则是白色。
低温的清爽里，不像是海味，
像是妖娆植物，秋天的好意思。
你亦是植物的，荷叶连连的好。

敞开的玻璃厨房，
包着黑头布的年青厨子忙着，
这是别一种忙，
有条不紊，静气的忙。
洁净的手，铺好紫菜，
米饭、青菜、生鱼，
用小帘子卷起，
古人卷起一卷裸着的情书那样。

忽而音乐起，隐约里
是绿色，棕色，
是草木土石悠然荡漾，
是忽而一下，你惹人心痛的话语
——京都雪夜里，你说：
真想和哥哥一起看烟花。

十一月十五——

德国人的饮食，真笨。
普拉那啤酒坊，德国酒娘
膀大腰圆，不知怎么个技巧，
双手各抓五扎啤酒。
这浑身力气的年轻酒娘，
要男人如何才能爱个够。
而你，不过一翎白羽。

柳条小笸箩，小面包种类繁多，
一种沾了盐粒的，
“唰”的一下，
那咸涩像是暴动的海水，
鼓动汹涌的粗鲁麦香。

浓汤里牛奶、黄油，
盐、胡椒，还有些什么？
（这适宜粗麦面包的，
让人想国人的莼菜汤
只一丝贪婪，禁欲一样的春意）
烤香肠量大惊人，
且硕大的盘子半边堆着
掺了黄油的土豆泥和酸菜。
还有烤猪肘，
据说有人能吃下一整只。
如此吃法的人，坚忍深邃，
适宜于艰涩哲学的面壁。
而国人的哲学近乎植物，
四野茫茫，而天象苍苍，
风安然摇着草木，
摇着无，也摇着有。
而你在我身边，
轻柔的竟然像是“不在”。

几大杯黑啤下去，外面暮色
定然是深了，月亮初生，
德国的月亮，怎么也圆不到柳梢上。

想你在雪夜说过的那句话：
真想和哥哥一起看烟花。

三月廿五——

本帮菜，奢侈。
清蒸鲥鱼、虾子大乌参。
长江鲥鱼，真的吃不到了。
上桌的是美国鲥鱼。
你说，有贪恋的食客，
清明前后，大把银子候着，
还是含恨离开。
偌大一条江，竟然没这鱼了。
虾子大乌参，颤颤的，
浇了晶亮亮的浓汁上来了，
糯而有弹性，浓香。
细细虾子煨出的鲜，浸透了。
煨透了的不唯是汤，
是丝绸一样的销魂旧时光。
你无意间说起母亲家
镶了大理石的紫檀桌，
乌木镶银的箸，镀金的怀表，
祖母绿的戒指，绣花旗袍，

乌黑的擦了桂花油的发髻，
玉簪，咿咿呀呀的吴侬软语，
老唱片，呼呼响着的
那些旧年的雪亮汽灯。
而你是那茉莉的隐隐淡绿。

外面，静悄悄起了细雨。
下雨了啊，“微风燕子斜”的
那种细雨，可以撑着油纸伞，
数着沿街的灯笼，一盏一盏
去买桂花糖的。纸绳系着的
麻纸红贴，勾在小拇指上，
勾着一缕湿漉漉的暗香……

累了吗？不累。
那尔雅客栈，就在不远的
另一条街上，在那一头。
累了就回去啊。
小雨歇了就回。
好吗？好。
那一晚，真好。说不出的好。
总忘不了雪夜里你说过的那句话：
真想和哥哥一起看烟花。

下午

枯坐，桌上几页白纸，
还是几页白纸。
阳光斜照，
飘着的灰尘，斜斜的。

时钟，
停在几个月前。
暖瓶里还有半瓶剩水。
屋里还有一些什么？

这没意思的下午，多好。
几页白纸的下午，多好。
些微灰尘飘着的下午，
让我写下这几行没意思的文字。

米虫

太小了
小到米和米之间狭小的空隙
也可以任它们繁衍安歇
这恰好的
米和米之间的空隙
比怜惜稍稍宽

一切早已安排好了
小虫们欢愉自在
它们知道神会抚慰那
世人看不见的
针尖一样的饥饿

世上的白米
神说要留给汗水农夫
也要留一点给这些
从不劳作的小虫
不劳作的虫
它们的饥饿也是人间的饥饿啊

群里

美好的女子
悄然退群了
退了
有人说
她的先生突然去世了
大家一阵惋惜
都说
多好的人啊

一年过去
女子回来
大家小心翼翼
不触及某些话题
像是什么也没发生一样

只是我知道
群里的好多男人都愿意
像一个好男人那样呵护她
私下里
我们几个偶尔会感慨一声
多好的人啊

井边

落叶在井边
也有一些落在井里
低头看的时候
井里映着我们的脸
尽管我们从未说过爱

汲了井水
拎着
水桶摇晃着
泼洒着
其实小路边的泥土并不干渴

最后一趟汲水
你说井边的地里
有黄精
就是道士喜欢的那种

我挖着

你说，留一些根啊

不要挖干净

你说，不挖净

留着，明年这儿就是一大片

明年，她还会在这儿

我呢，在哪儿

我只是知道井在这儿

黄精在这儿

那把铁锨在这儿

那映照过我们的井水

落叶会又一层落下

尽管我们从没说起过爱

夜宿

僧人早眠，我也早点眠睡吧。
摸黑回客堂，却怎么也
找不到电灯的开关。
不洗漱也罢，扪床而眠。
未眠之际，忽而觉出
晚餐太早，这会儿肚子有点饿了。

尤其，夜里风冷，风铃，叮当作响。
尤其黑，黑得不见五指。
推窗，亦不见星月。
不见星月更好，星月，如点心。
还是多想想，某僧人燃指为灯，真疼。
尤其讨厌的是，不眠中
有人贱贱地发来信息，
详述五种鲜鱼的烹饪法。

阳光下

楼群越来越高
越来越密集
难得两栋楼之间
有温煦的阳光

停歇在阳光里
小心而狡猾，我装着等人
我不能让匆匆经过的人看出端倪
我在那儿的偷偷享受
我只是跟一位女士会心一笑
她也同样稍稍停留
幸福地仰了一会儿脸

我没办法彻底隐藏
匆匆忙忙的人流里
一个阳光下沐浴的人
显得很傻

卖肉的店家

雪后寂静
售卖猪肉的店家
那汉子拖着半扇猪肉
笨重地，撂在案子上

他砍、切、剔、顺着、逆着
从冬天的那道骨缝深入进去
我忽然感到我的身子
又冷又痛，裸着的冬天一样

生火

小区空地
有人劈柴生火
这多么新鲜
像是几十年前

我看见浓烟
从炉子里呼呼跑出来
成群的小野兽那样跑出来
带着它们燃烧的毛皮
和灰白的小爪子

我看见浓烟升起
像是野兽跑过
野草勃勃
忽然就生满了大地

清晨记事

雪地上满是灰尘
雪慢慢融化
变黑变脏
阴冷的墙根
雪的融化要晚一些

墙那边
是巨大的蔬菜批发市场
尽管是雪后清晨
寒冷凛冽一再压着
墙的那边还是蔓延过来
微微发酵的清晨
那青菜的腐烂气息

太阳照着

太阳照着，照着这边也照着那边
照着南方，也照着北方

这一会儿，它照着小镇，
照着路上的行人，照着花前少女
照着怀孕、哺乳的妇女
也照着那些吸吮乳汁的婴儿

太阳，照着农家繁衍的六畜
也照着村庄里恋爱的少年
太阳照着东边，也照着西边
照着一切它知道，和不知道的万物

第七辑

问答

（2022）

173 — 184

扫帚

这乡土之美
在银镯女子
青色布鞋的
脚边

比起诸事的复杂
扫帚只是一束
简单洁净的
野草

扫帚
轻轻一动
像是在说
秋天来了

觅食的麻雀

蹦跳着觅食
几只麻雀，这里，那里
有我看见
亦有我看不见的粮食

大千蒙尘
麻雀拣选的
是那
最洁净的一粒

一切蒙尘，神也蒙尘
神更欢喜的是从那尘土里
悉心拣选出的
最洁净的一粒

道边的石佛

吴哥窟外，石佛随处
与人同高，也同低
人可以随意站在
佛的身边或是身后

亲临尘世的佛
身子也是温热的
跟人一样
也会寂寞的吧

不过那寂寞，寂寞之大
不是我等所能懂得
我们亦不能请他
到烟火人家，坐上一坐

村落

每个村落
都来自天意
来自雨水
来自男女的食色之欢

日月在天
四季轮回
流水在地
才有了春风野火

一年年的花果
一年年的人家
一年年的村落有人死去
也有一年年身段妖娆的新娘

楼下的树

楼下
一棵树
每次站在窗前
我都要看上一会儿

树知道
树　动不动
它不抬头就知道
楼上的人

秋天它把叶子
簌簌抖落
露出枝条
可并不告诉人们因为什么

它是什么树我也总是忘了
只是在楼上
看它秋风渐紧
越来越像一棵树了

问答

山根
杂草繁茂
也有几竿竹子
除草的人除尽了杂草
那竹子呢

杂草除尽了
那几竿竹子还在

竹子还在
她说
竹子又不是杂草
何况还有几块
好看的石头

帝王之夜（之二）

灯烛摇曳
嫔妃屏息鲜花暗开
深宫的滴漏
寂寥滴着

宫墙外
是绕城的水
岗哨林立
刀枪不入库

可隐约间好像有人没睡
君王睡下
连同人间的雪月风花
都要安眠

这可疑的人
迟迟没有睡去的

在哪一座深林
借着阴凉流水，面壁山岩

这夜晚帝王一直没睡好
惦记着那个没睡的人
他知道有风
会吹乱山里根深的草木

奈良的神社

廊檐下，是木色的地板
殿门里面，也是
大殿深处，有人隐现
白衣人，黑的高高冠冕

有人匆匆过往一边
又从那边，匆匆回来
脚步疾疾
冠冕却纹丝不动

他们两手空空
搬运着什么
我知道他们两手空空
一定搬运了什么

后记

“偶尔进书库,看到那么多书,再也不想写了。”不知那位先生是否真的就此打住了。这些年，有几年我写得少，甚或几乎没有，也有几年稍多。这些分行的文字放在那里，偶尔欣慰，而有时也竟然是拒斥甚或厌恶。想想，就这么写了几十年，为了什么，也并不能说清楚。深里想想，人有文学艺术这种东西，是颇有些奇怪的。

编选、审视这些文字，那时日的一一回味，似乎是自家，又似乎不是，像是另一个自己。这些文字究竟写了些什么，也许，也许，并没有。

木心先生说：“不谦而狂的人，狂不到哪里去；不狂而谦的人，真不知其在谦什么。”我在谦么?不知道。坚持着又写了下去的因由，也许是觉得还有些可说的话。

记不起是谁说的，生而为人，我很抱歉。这话真好。可能每个人都对不起这个世界。世界太奇妙，时空和生命太奇妙，我们都将对这个世界报以歉意。

2022 年 6 月 1 日于兰州小南房